Auteur-compositeur de chansons dites à texte depuis plus de 20 ans, Éric Marie nous fait désormais profiter de son regard avisé et de sa plume caustique, dans ce troisième roman aux allures de pamphlet.

©2015, Éric Marie
Éditeur BoD : - Books on Demand,
12/14 rond-point des Champs Élysés, 75008 Paris
Impression : BoD – Books on Demand Allemagne

ISBN : 978-2-3220175-9-1

dépôt légal : mai 2015

ÉRIC MARIE

SAUVONS LA TÉLÉ...
(ou pas ?)

Traduit du Français
par moi-même

Books on Demand

DÉJÀ PARUS :

Les Vicissitudes de l'Homme Ordinaire
en Milieu Hostile

J'ai Enfin Reçu de mes Nouvelles

À PARAITRE :

Je ne suis pas Dexter Morgan

Entéléchie, Rouflaquettes et Coulis de
Framboises

Le Disparu des Camoins

« Permettez que j'embrasse
votre bague Don CORLEONE ?
- Non, moi c'est DRUCKER !
mais… embrasse la bague
quand même mon p'tit. »

.

1. Désambiguïsons

La télévision est une moribonde. Elle est atteinte d'une maladie réfractaire qui est un savant mélange entre la bêtise crasse et l'argent sale. Vous me direz, qui se ressemble s'assemble et vous n'aurez pas tort. La maladie visuellement transmissible a été contractée aux États-Unis – royaume béni des gastéropodes atrophiés du bulbe rachidien — et cela dès les années soixante. Initialement imaginée et créée comme un instrument à distribuer l'information et la culture, la boite magique s'est vite transformée en boite de pandore dans les mains des marchands du temple. Comme toujours les inventeurs qui sont de doux rêveurs et qu'il faudrait enfermer dès les premiers symptômes de divagations mentales, ont accouché de leur Frankenstein d'opérette et l'ont laissé courir seul dans la nature, l'abandonnant au grand dam de tous, aux mains des mercantiles. Le problème est que le monstre désormais perverti vient chier tous les soirs aux alentours de 20 heures au beau milieu de notre salon, et cela en présence de toute la famille alors que la soupe est encore chaude. Je dis 20 heures, car il faut bien préciser un instant, mais chez les plus hardis, la défécation commence dès le petit-déjeuner et se poursuit jusqu'à tard dans la nuit.

Après enquête approfondie, il paraitrait que certains enregistrent une pléthore d'émissions nauséabondes afin de pouvoir profiter à satiété de leurs rations de bouses.

Je sais !!! ça fait froid dans le dos et dépasse l'entendement même au sein de la très estimée congrégation des bousiers amis de la Bretonne pie noir.

Aussi, vous vous demandez sûrement : pourquoi il nous gonfle celui-là avec ces effluves de néant ? La solution est pourtant lumineuse, il n'a qu'a éteindre son poste et aller se coucher, le pépère.

Soit ! Mais lorsque vous achetez vingt kilos de pommes de terre voire un quintal de Cantal, est-il dans vos habitudes de jeter l'entièreté de votre acquisition aux ordures, sans même y avoir gouté? Non ! Et bien moi de même, je paye et je voudrais bien consommer sans avoir une récurrente nausée ou le transit intestinal activé. Ceci étant clarifié, je précise pour parachever que n'étant en rien scatophile et encore moins scatophage, je me propose ici, de donner un petit coup de pouce — tout à fait désintéressé, je vous rassure — à tous les scénaristes, réalisateurs et producteurs de télé afin que parfois, le flot permanent de logorrhée qui inonde nos écrans soit interrompu par une œuvre un tantinet plus originale, plus hardie, audacieuse, futuriste... que sais-je ???

La nouveauté, chers animateurs et agitateurs des fosses septiques ne se réduit pas à quelques voyages aux States pour voir quelles émissions marchent le plus, en terme de recettes publicitaires et racheter clés en main un concept à la con que vous distillerez sur nos ondes cérébrospinales en vous autoproclamant « stars » et en vous remplissant odieusement les poches.

Ce qui est réellement détestable avec cette engeance, c'est que nous payons des énergumènes incultes pour nous vendre de la merde. Donatien Alphonse François n'a plus qu'à aller se rhabiller. Et un comble, sous le regard bienveillant de nos gouvernants et de la haute autorité qui ne rechignent pas à venir dans la boite putride tartiner d'une bonne couche de mensonges ignominieux nos esprits spongieux afin de participer à la décrépitude mentale généralisée.

Afin de bousculer un peu l'auditoire atteint

d'agueusie caractérisée, je me propose donc de rehausser le niveau, ce n'est pas bien difficile, je vous l'accorde, en soumettant à la vindicte populaire quelques idées d'entrées en matière, plusieurs sortes de préliminaires, avant-propos ou autres exordes, des allures d'introductions pour rester simple, des prodromes pour quelques pédants grabataires.

Enfin ! Choisissez dans ce fatras ceux qui vous interpellent, voici quelques thèmes d'actualité ou de fiction qui ne demandent qu'à être exploités.

À vous et vous seuls d'imaginer la suite. Partez sur des chemins étranges et obscurs ou côtoyez la lumière – courez sur les mains ou à poil sous la lune - chevauchez un dragon bleu ou une libellule – soyez un babouin, une mouche, une poêle à frire, improvisez et voyez où le hasard vous mène. Essayez l'autre sexe au 18e siècle ou la peau d'un mutant au 24e, fi du temps, de l'espace et du genre.

Restez libre dans votre tête, les chaines vous les avez déjà aux pieds.

Sur ce, carpe diem.

L'auteur :

2. Exordes

Journal de la santé

Bernard ouvre en grand les fenêtres du salon, la nuit est merveilleuse. L'air est doux et enivrant, la lune a quartier libre et les étoiles scintillantes offrent leur spectacle magique. Soudain notre homme est pris d'affreux tremblements, une sorte de malaise, comme une lame acérée lui vrillant le cœur. Il tente d'en informer son beau-frère qui est caché sous l'armoire avec une fausse barbe et une bouée en plastique, mais en vain.

Expliquez pourquoi le 23 juin à 19 h 15 précise, l'hélicoptère décolle-t-il de « Miami Airport », alors que Bernard qui prépare une petite blanquette, vient tout juste de se raser les jambes ???
Doit-il pour le coup envisager une vasectomie ou se contenter d'un bon bain de siège avec rondelles de concombres ?

Les Maternelles

Tommy vient d'avoir 5 ans et il aime beaucoup se rendre à l'école. Tous les matins, sa mère l'accompagne le long des rues jusqu'au grand portail en fer forgé.

De là, il peut apercevoir tous ses petit camarades qui sont déjà dans la cour et qui jouent à la balle. Tommy est impatient de les rejoindre. Lorsqu'il franchit le seuil, il voit que la balle a pris de la hauteur et se dirige vers lui. Tommy est heureux et il remue la queue. D'un bond acrobatique il réceptionne le projectile gluant dans sa gueule béante et tout en gambadant, regagne le gros de la meute.

Ce soir, la météo prévoit de la pluie, sa mère viendra très certainement le chercher en voiture.

En quoi l'absence du père vous parait-elle curieuse, voire inquiétante ???

Trouvez une corrélation, somme toute évidente, avec les alcooliques anonymes.

Complément d'enquête : Les sectes

Émilie rentre enfin chez elle après une harassante journée de travail, il est aux alentours de 20 heures. Les enfants sont déjà en pyjama et Serge son mari arbore une splendide robe de chambre en pilou. Tout ce joli monde est prêt à passer à table, le service fumant trône au milieu de celle-ci. Émilie se dévêt rapidement pour les rejoindre. Elle ôte son jean comme on quitte un carcan, et fait glisser à ses pieds, sa petite culotte.

Soulagée, elle bondit sans effort au milieu de la table et pose son cul tout rose sur l'alléchant plat de nouilles.

Serge acquiesce d'un signe de tête et les enfants embrassent leur chapelet mordoré en guise d'allégresse. Après huit incantations, dont trois en sautillant sur un pied, la famille réunie peut enfin déguster un succulent poireau vinaigrette, l'esprit rasséréné.

Pourquoi subséquemment, face à un tel bonheur, une telle félicité, demain surgira le drame, de façon tout à fait inopinée, alors que Serge aura servi avec maestria un Boudin-Purée bien trop souvent controversé.

Avec toutes les précautions d'usage, partez incognito sur les traces de cette nouvelle forme d'intégrisme où les fondamentalistes se font appeler « Moines Boudinistes ».

Un dernier conseil, évitez soigneusement toutes remarques graveleuses sur la Nouvelle Église Poichichiste. Le houmous, ça fait péter.

France ô : Fêtes et Traditions

Patrick Martin reconnut immédiatement la Compagnie créole lorsqu'elle vint frapper à sa porte. Cette année, la nuit d'Halloween s'annonçait longue et particulièrement réussie. Enfants et groupes d'adolescents allaient défiler jusqu'à l'aube dans des tenues fantasques et Patrick s'en régalait par avance. C'était le seul jour de l'année où l'on pouvait s'adonner à des fantaisies bizarres et il ne comptait pas s'en priver. Soudain, la jeune femme qui chantait à plein gosier au « bal masqué » en frétillant comme une anguille, se jeta sauvagement sur lui et le mordit à la cuisse, arrachant au passage, un beau morceau de chair.

Expliquez de façon claire et précise pourquoi, Patrick se transforme immédiatement en danseur de flamenco et rejoignant la bande, promet à tous qu'il va de ce pas, égorger son assureur et son proctologue ???

Imaginez dans la même lignée, une suite réaliste alors que les boutonneux font tourner les serviettes en mangeant des rognons cuits dans une sauce au madère.

Série étrangère :

Nos voisins teutons sont sous le choc. Ils ont appris la nouvelle très tôt ce matin, par tous les médias qui n'ont pas manqué de relayer l'information. La chancelière s'est dite horrifiée, la bourse de Francfort a perdu trois points dès l'ouverture de la séance et on a pu assister, dans certaines grandes villes, à des scènes d'hystérie collective rappelant les heures sombres de l'histoire du 20e siècle.

En effet, l' A.F.P a confirmé qu'un individu masqué s'était introduit vers 3 h 30 du matin, dans le domicile de l'inestimable Inspecteur Perrick, et lui aurait dérobé une pantoufle marron de taille 44. Le prestigieux personnage de la police germanique venait tout juste de s'endormir. (*vers 20 h 30, selon les dires de Birgit, sa bonne*).

À 14 h 02 après une courte sieste, Perrick n'écoutant que son prodigieux courage s'est immédiatement saisi de l'enquête qui promet d'être longue et difficile. Faisant fi du rififi avec les cors, les durillons, les ongles incarnés, les mycoses galopantes et les odeurs outrageantes, notre maitre n'a cessé de marteler qu'il ne s'accorderait plus aucun répit, oh non jamais !, avant de s'être réapproprié la pantoufle adorée. On tremble à l'idée de la sanction qu'il réserve à ce brigand. Avec bravoure, il va donc essayer la mule orpheline à quatre-vingts millions de Germains qui se sont déjà portés volontaires afin de retrouver la trace de l'ignoble individu et le confondre.

Sans vous laisser submerger par une légitime émotion, envisagez une fin heureuse à l'instar de Cendrillon, où notre bienfaiteur récupère la Charentaise sous son canapé, entre un restant de choucroute, un boisseau de bière et un porte-jarretière en cuir datant de la dernière guerre.

30 millions d'Amis : Reportage

Hippodrome de Bonchamps, la course comptant pour le tiercé national vient de s'achever sans grandes surprises, les trois favoris s'attribuant les trois premières places.

Mais intéressons-nous à d'autres bêtes, celles qui ne gagnent et ne gagneront jamais. Loin des flonflons et des photographes, leur avenir est curieusement beaucoup moins réjouissant. C'est le cas de « Boulot, mais pas trotrop du Gazo », un beau pur-sang arabe qui a terminé bon dernier sans visiblement se soucier des banquiers et des retours sur investissements de son propriétaire. Quelle ingratitude de la part de ce gros ongulé !

Aussi les estimables financiers au cœur tendre ont décidé que la bête allait finir en steak, dès aujourd'hui, ils auraient au moins une chance d'en profiter en le retrouvant dans leur assiette, à la cantine.

Boulot, mais pas trotrop ayant senti le vent tourner et compris le manège, a décidé de prendre la poudre d'escampette, mettant un coup d'arrêt brutal au projet de ce tas de fumiers.

Notre belle bête, ivre d'insouciance, gambade donc dans les champs et prairies environnantes, sautant les obstacles qu'elle refusait jusqu'alors de franchir, ruant de plaisir, alternant trot et galop au gré du vent mutin.

Malheureusement, le coursier n'ayant que peu de notions de liberté n'a pas remarqué la falaise qui surgit sous ses sabots et le pauvre animal choit comme des selles.

Boulot, mais pas trotrop voit défiler sa vie devant ses grands yeux tristes. Il regrette amèrement de ne pas avoir appris l'anglais au collège et d'avoir dû mettre un terme à ses cours de cuisine.

Outre ses origines, expliquez par quel heureux concours de circonstances, notre ami boulot du Gazo se retrouve-t-il à Marrakech, un an plus tard, à la tête d'un petit restaurant-pizzéria, tout proche de la Médina.

Les Enquêtes impossibles :

Nous sommes en Afrique du Sud dans la banlieue de Johannesburg, il est 1 h 27 du matin et la nuit est douce. Tout est calme dans ce quartier résidentiel huppé où les réverbères inondent d'une lumière jaune les trottoirs immaculés. Les bâtisses cossues de type colonial transpirent la respectabilité circonstanciée et l'argent à la pelle. Ici demeurent politiciens de tous bords et hommes d'affaires, banquiers et starlettes, parvenus et notables, dans la meilleure entente.

Transportons-nous jusqu'à l'extrémité de la « Queen's Avenue » où l'on peut admirer la splendide propriété des Pastorius ayant fait fortune dans l'exploitation du charbon et de leurs ouvriers par la même occasion.

Ensemble, franchissons le seuil et rendons-nous à l'étage où dorment monsieur et madame du sommeil du Juste... enfin, comme il est juste de le croire.

Monsieur, Archibald de son prénom, vient de se réveiller en sursaut. La chambre se dessine vaguement dans le clair-obscur qui fait prendre les meubles pour des fantômes. Il tâte doucement le traversin sur sa longueur et comprend que sa femme n'est plus à ses côtés, dans le lit. Aussitôt l'inquiétude l'assaille et il s'attend à l'inacceptable. Et si Cindy avait été odieusement enlevée par des extraterrestres ? Ou pire encore ! Par un commando armé d'extrémistes d'Alkaïdi ?

Précautionneusement il enfile ses mules en peau de zébu retournée et s'agenouille pour récupérer un fusil d'assaut et deux Uzis qu'il garde toujours sous son lit, dans l'éventualité d'une attaque intempestive de zombis négroïdes.

Il perçoit un bruit qui vient du couloir, la sensation diffuse d'un ruissellement. Il avance à pas de loup sur la moquette épaisse jusqu'à la dernière porte. Aucun doute maintenant, les terroristes sont enfermés avec Cindy dans les toilettes.

Guidé par sa légendaire clairvoyance, il veut tout tenter pour libérer sa femme. D'une main experte, il arme donc le fusil automatique et tire plusieurs salves à travers la porte. Un drôle de gargouillis lui fait penser que ce sont en fait des extraterrestres, il ajoute donc plusieurs rafales de Uzis pour être certain d'atteindre sa cible. Finalement, le bruit s'estompe et disparaît après une probable téléportation.

Archibald est en partie rassuré, mais il n'a

certes pas confiance en ces petits hommes verts. Combien de temps vont-ils séquestrer sa femme et sera-t-elle seulement bien traitée ? Ces Peuples de sauvages ne comptent dans leurs rangs aucun Gentleman digne de ce nom. Ce sont avant tout des animaux marmonne-t-il avant de regagner son lit et retrouver sans peine le sommeil... du Juste, pardi.

Imaginez une suite totalement incongrue et invraisemblable, où Archibald est acquitté lors de son procès en appel, sans ignorer que Cindy a été ramassée avec 28 balles dans le corps et un trou large de dix centimètres à l'arrière de la tête.

Salopards d'extra-terrestres !

E = m,6 ou presque :

Monsieur Henri Poissard, éminent Docteur en Mathématiques, invité prestigieux des plateaux télé, a tenté de démontrer durant toute son existence que la chance est un facteur déterminant dans la réalisation de nos vies. Aussi a-t-il créé un algorithme fort complexe qui peut sans coup férir, nous indiquer si la fortune s'apprête à nous sourire ou se détourner.

Afin de mettre en pratique chaque élément de sa thèse, dont je vous passe les subtilités car fort rébarbatives, le Docteur Poissard va se soumettre à une expérience d'une simplicité enfantine supposée corroborer ses dires.

La voici : il s'agit tout bonnement, après moult calculs, de traverser une autoroute, la nuit et de préférence sans éclairages. Les yeux devront être bandés et un bouchon de liège viendra obturer chaque oreille. (Le liège est absolument primordial pour le succès de l'entreprise).

Je vous laisse envisager quelle tournure déconcertante s'apprêtent à prendre les choses. Soyez éminemment précis avec les détails, sachant que près de mille camions par heure empruntent ce tronçon à une vitesse avoisinant les 30 mètres par seconde. Et que 1 kg de steaks hachés se monnaye aux alentours de 7,50 euros*, dans toutes les bonnes grandes surfaces.

L'office aura lieu jeudi en 8, à 14 h 30 en l'Église Saint-Régis de la Consternation, saint patron des imbéciles heureux.

* 20% de remise immédiate en caisse, à partir de la 3e barquette et pour l'achat d'un fer à défriser les moustaches.

Toute une Histoire :

En ce premier jour de printemps, Nadine toute guillerette, rentre du bureau une heure plus tôt et trouve son mari au lit avec Myriam, le poisson rouge.

Bernard, à cent lieues d'imaginer ce retour prématuré, est pris la main dans le bac. Il n'a pas eu le temps de démonter l'aquarium de mille litres qu'il avait installé sous le plumard pour son doux cyprinidé.

Après une scène d'une violence inouïe où Nadine s'est épilée la moustache, elle demande le divorce.

Racontez pourquoi en toute logique, Bernard a obtenu la garde de l'aspirateur, alors que Nadine, qui se fait actuellement appeler Roger, vit en concubinage avec la tringle à rideaux et le moule à gaufres.

Que doit-on craindre du mariage inopiné de Georges avec une planche à repasser allemande, mais dont la mère serait d'origine irlandaise ?

Commentez les motivations du rassemblement qui prendra corps, place de la Bastille, sous l'œil enfiellé de monseigneur Fustigé.

Série française :

Notre Star nationale Judie Lescroc reprend enfin du service dans son rôle fétiche de commissaire de police des Rombières à Issy les bourricots. Mille deux centième épisode donc, tout particulièrement croustillant où notre toujours très charmante héroïne – qui vient de s'époumoner sur ses soixante-dix bougies — est confrontée à une sombre affaire de vols de pots de Nutella** entamés.

Le suspens est insoutenable, on s'en doute, Florence accusant son mari Pierre, Pierre accusant lâchement sa fille Marie-Hortense, qui à son tour accuse le chat Bernard-Henri un Persan glabre et pétomane récemment converti à l'Islam.

Judie trouvera-t-elle le temps de refaire son brushing + coupe + shampooing ? Ou devra-t-elle renoncer à se faire crêper le chignon.

Pourquoi Guy affirme-t-il détester la pâte à tartiner alors que l'on se fiche éperdument de son avis ?

Démêlez cet écheveau et apportez un peu de clarté dans cet embrouillamini.

**Bouillie chocolatée, concoctée par le diable qui est en fait, le cousin de monsieur Weight Watcher.*

Quelques pistes vous seront cependant très utiles :

- Judie n'aime pas le Nutella.
- Françoise n'a pas de chien.
- Michel n'est pas Françoise.
- Albert a encore oublié de mettre son dentier.
- La télé c'est vraiment de la merde.

Météo

La météorologie en France est une institution. La présentatrice est généralement d'un autre âge et a obtenu son certificat d'étude avec mention – la plus capée est même détentrice d'un C.A.P coiffure — ce qui l'autorise certainement à se considérer comme un « Expert » digne de foi, du genre climatologue, et avec qui il faut compter. J'en ai pour preuve une récente invitation à l'Élysée afin de soumettre la pertinence de son avis à la fine équipe présidentielle.

Chaque coup de vent et la voilà qui agite les bras, vocifère, fait les gros yeux et dodeline, montrant son ressentiment aux douteurs qui dorment dans des cartons et qui n'ont pas encore franchement vu les effets du réchauffement de la planète dont on nous rebat les oreilles du matin au soir alors qu'en Chine les exploitants de charbon chient une usine par jour sous les applaudissements des fanatiques de croissance à outrance et du pognon par wagons.

En hiver, celui qui n'a rien que les yeux pour

pleurer - pauvres infatués de donneurs de leçons - voudrait juste éviter de claquer des dents du matin au soir et prendre parfois une petite, toute petite douche, quelques gouttes et pas une piscine, avec si possible une eau tiédasse approchant les 10/15 °C.

Subséquemment, il pissera dans la douche, se lavera les ratiches sans eau et ira au tri sélectif avec ses poubelles multicolores histoire de se soustraire à un samedi après-midi d'oisiveté et de désœuvrement...

Tout ceci sans rechigner et pour pas un kopeck. Du moins pour lui.

Après ces infimes réglages de carburateur, mais somme toute nécessaires, passons à la météo.

D'abord, je propose tout bonnement que la présentatrice soit pendue par les pieds au plafond et se balance donc au bout d'une corde. Cela devrait éliminer de facto tous les problèmes d'élocutions, de jupes moulantes à mi-cuisses, de commentaires stériles, de pétasses bariolées, d'humoristes à vocations contrariées aux gesticulations inappropriées et obscènes.

Nous aurions donc une idée du temps, simple et claire, et non pas des appréciations redondantes et oiseuses du style :

« Grand beau temps dans le Sud avec toutefois un peu de vent – le mistral et la tramontane souffloteront jusqu'à 250 km/h, mais avec des températures qui repartent à la hausse et bla-bla-bla... et 37,5 le matin. »

Imaginez donc, une nouvelle approche de l'évocation des frasques du ciel avec des professionnels crédibles, une grenouille sur une échelle, un vieux qui a mal aux genoux, une flopée d'hirondelles, de vraies gens qui travaillent au dehors toute l'année... du tangible.

Et puis, pour connaître la météo du jour, il suffit de regarder par la fenêtre.

« Étonnant non ??? » comme aurait dit monsieur Cyclopède.

Série étrangère pour Ados :

Pâqueretta vient d'être admise dans la plus éminente et prestigieuse école de Karaoké Hispanique :

La « Nadal Magnifica Académia della Star. »

La jeune adolescente n'en croit toujours pas ses yeux et ses oreilles, et nous itou.

Que va penser son pauvre père Ignacio qui est en prison depuis cinq ans pour trafic de queues de taureaux et qui n'a pas les chaines du câble ? Comment pourra-t-elle continuer à nourrir convenablement Juan-Josélito, son pauvre petit frère paralytique, si elle quitte définitivement son emploi chez « Ma queue Donald » ? Fini les doubles hamburgers si juteux récupérés dans les poubelles. Et que dire de sa pauvre mère Rosetta, qui entame sa troisième cure de désintoxication, victime pitoyable de la Paella Royale ?

Laissez vagabonder votre imagination en racontant la vie désormais palpitante de notre talentueuse héroïne. Inspirez-vous d'Hegel, Platon, Kant, Nietzche qui se sont penchés, sans tomber, sur presque tous les sujets.

Quelle minijupe à fleurs va bien pouvoir enfiler Pâqueretta pour le direct enregistré de ce soir ? ... La jaune ou la verte ou la mauve ou la bleue ?

Et le petit haut ? Avec des bretelles ?

Et cette coiffure qui ne va pas du tout avec les nouveaux escarpins !!! Les bottines ne seraient-elles point préférables ?

Et Pédro qui est tellement beau, mais moins beau que Santiago son meilleur ami homo qui chante comme un oiseau dans les rues du Prado. Olé toro !

Et Violetta ! Cette garce qui veut sortir avec Diégo l'ex petit-ami de Conchitta qui a rompu avec Thérésa la sœur de Ramona...

La chaine W.C.9 a commandé pour commencer, 1250 épisodes du même acabit.

Je vous laisse à vos plumes, je crois quant à moi, que je vais me remettre sans aucune modération, à la sangria.

Allo Truffau :

« Allo Emeline ! Notre éminent pédopsychiatre, le Docteur Truffau vous écoute, et il va répondre à votre question. Allez-y Émeline.

– Bonjour Docteur

– Bonjour Émeline, je suis tout ouïe !

– Pardon ?

– Je vous écoute Émeline !

– Alors je vous appelle Docteur à propos de ma fille Pricy qui vient d'avoir cinq ans et qui ne veut plus quitter son téléphone portable. C'est sa grand-mère qui lui a offert pour ses trois ans. Au départ, j'étais pas contre, mais maintenant... elle passe plusieurs heures par jour à discuter avec sa petite copine Camilla qui a quatre ans et demi et qui habite juste en face de chez nous. Pourtant, elle refuse d'aller jouer chez elle. Elle veut juste lui parler au téléphone. Elle ne le quitte plus des yeux, ni pour manger, ni pour aller aux toilettes... et j'ai même du mal à ce qu'elle le pose pour se rendre à la douche, au cas où elle recevrait des S.M.S.

Elle en dort presque plus la nuit. Des fois, je l'entends discuter jusqu'à 3 heures du matin. Je voudrais savoir si c'est grave Docteur, j'ai vu sur internet qu'il y avait beaucoup de cas identiques... parce que moi, je sais plus quoi faire. Quand je la gronde et lui dis d'arrêter, elle crie, elle pleure, se roule par terre et me lance des horreurs. L'autre jour, elle m'a traité de grosse pute alors que je fais un régime.

– Écoutez, Émeline, je crois qu'il y a une solution toute simple. Demandez à votre mari ou votre conjoint de lui confisquer le téléphone et expliquez-lui gentiment que vous le lui rendrez de temps à autre, si elle est sage et qu'elle écoute bien son papa et sa maman. D'accord ??? Il faut absolument lui faire comprendre que l'usage intensif du téléphone portable peut-être très dommageable chez les enfants qui ne sont pas complètement formés, comme votre petite Pricy. Aujourd'hui de nombreuses études prouvent qu'il peut y avoir des séquelles, notamment divers traumatismes comme les troubles du sommeil et du comportement. OK Émeline ?

– Bèèèèh, c'est-à-dire que j'élève ma petite fille toute seule – son père est parti avec le voisin lorsqu'elle avait 6 mois – et j'ai bien essayé de lui confisquer, mais... je l'ai pris une fois pendant qu'elle dormait, et je l'ai placé sur un meuble, hors d'atteinte. Quand elle s'est réveillée et qu'elle ne l'a pas vu sur sa table de chevet, elle est venue illico presto dans la cuisine et tandis que j'étais à l'évier en train de faire la vaisselle, elle s'est saisie d'un couteau à viande et me l'a planté dans la fesse droite en hurlant : " si tu me le rends pas tout de suite, je vais te tuer ! "

J'ai couru me réfugier chez ma meilleure amie Louana en attendant qu'elle se calme. Pendant ce temps, elle avait tiré l'escabeau et réussi à récupérer l'engin de malheur.

Pour la Noël, elle veut un drone pour pouvoir suivre tous les déplacements de sa petite copine. Je lui ai répondu qu'il n'en était pas question et elle m'a lancé avec haine :

" Mais t'es qui toi, pour m'interdire ? T'es que ma mère ! "

Je sais plus quoi faire Docteur (snif snif). Hier elle a tenté de mettre le feu à la voiture (snif snif) pour plus que je puisse l'emmener à l'école (snif snif), car là-bas, on lui interdit le téléphone (snif snif).

Mais !!! attendez une petite minute, je crois que ça sent le gaz... »

Expliquez pourquoi notre estimé Docteur Truffau a subitement abandonné sa chaise pourtant très confortable, a traversé le studio à toutes jambes et s'est jeté par la première fenêtre ouverte en hurlant :

« J'arrive Françoise ! »

Durant sa chute, de 23 étages, certains l'ont même entendu fredonner « Papayou, papayou, papayou, papayou lélé ... »

Et puis un grand bruit de ferraille lorsqu'il a rencontré avec ferveur le capot de sa grosse berline, qui s'est trouvé tout déformé.

Les allemandes, c'est plus ce que c'était !

Khon en Tas :

Dans la catégorie des émissions de télé-réalité navigant sans ambages entre le pathétique prononcé et le crétinisme avéré, Khon en Tas tient une place de choix dans le monde sans cesse grandissant de ces satanés allergènes. Une espèce de pollen visuel aux propriétés urticantes qui me tire un torrent de larmes à chaque diffusion.

Laissez-moi vous présenter en un futur possible, la 50e édition de cette mascarade pseudo anxiogène superbement orchestrée. Après quelques suggestions (mon grain de sel) je vous abandonnerai bien volontiers le soin d'incorporer vos propres ingrédients, histoire d'améliorer un peu la soupe. Certains d'entre vous, pour peu qu'on les y encourage, ont la virtuosité des grands chefs.
Voici tout d'abord nos 8 sympathiques participants, triés sur le volet en un système élitaire qu'il vous est interdit de comprendre. Mis à part, peut-être, si vous êtes un fervent adepte d'aquariophilie, de joints de culasses ou de céleris rémoulade.

Prérogative aux Dames.

Marina : 26 ans — divorcée, maman d'une petite Marilou – vendeuse en cosmétiques à la Grande-Motte – adore faire la fête en boites et dans les clubs – collectionne avec avidité les contraventions.

Sandra : 32 ans – mère au foyer – passion-née de pastourelle et de bourrée auvergnate. Elle pratique une discipline fort intéressante qui nous arrive tout droit du Brazil et encore trop méconnue en France: Le karaobimbo sorte de karaoké mais les seins nus et exclusivement réservé aux bus urbains et aux métros bondés.

Cintya : 44 ans – chef d'entreprise dans le bâtiment. — aime déplacer des enclumes et tordre des barres de fer, tout en visionnant l'intégralité de l'œuvre de Chuck Norris.

Pétassou : 21 ans – ancienne finaliste des reines du shopping, des princes de l'amour, des Chtis à la plage, de danse avec les stars, des Anges, de l'amour est dans le pré et de questions pour un champion. (J'ai un léger doute pour le dernier). Elle adore voir défiler les majorettes et les cols roulés.

Sur leurs talons: Les Messieurs.

Cyril : 24 ans – célibataire — barman et D.J dans un club échangistes à Nice.

Sa passion : poser de la moquette sur le toit des voitures et les tatouages sous les pieds.

Farid : 30 ans – divorcé, 4 enfants — taxi à Marseille. Aime aller au stade, la bière et les roulades arrière en pyjama, de préférence le dimanche matin du coté du Vieux-Port.

Christian : 45 ans – marié, 2 enfants – fan de Johnny Ralliday, de grosses Harley et de tutus roses. Il en possède près de deux cents. Son rêve: monter un ballet avec son idole.

Marco : 33 ans – célibataire — pompier professionnel à Sanary – il est passionné de sport, collectionne les allumettes et a un faible pour l'intelligence à posteriori de Pétassou.

Nous restons tous ébaubis et nous nous inclinons bien bas devant l'excellence du choix des candidats. Force est de constater que même animés de la meilleure volonté, on n'aurait pas fait mieux.

Je rappelle pour les néophytes que durant cinq semaines, nos huit intellectuels sont livrés à eux-mêmes, sur une île du Pacifique de quelques kilomètres carrés de surface.

Ils doivent, en outre, subvenir à tous leurs besoins – eau, nourriture, téléphone, abris... et se soumettre à de nombreuses épreuves sportives et ludiques, comme se tenir juchés sur un poteau, en plein cagnard, sur un pied et ceci jusqu'à un éventuel abandon, la chute ou le malaise vagal, au choix. Sous l'œil attentif des caméras, dois-je le préciser ? Car, par delà la distraction il est essentiel de s'émouvoir.

Attention oh lala ! L'œil est attentif, mais pas voyeur. Pas de grivoiserie ni de perversion d'aucune sorte ! Lorsque Pétassou courra en string sur la plage, les gros plans au ralenti visant son intelligence qui se dandine ne feront que souligner la qualité de l'exploit sportif. Comme au beach-volley.

Afin de porter au pinacle ce 50e anniversaire et pour corser un soupçon l'aventure, je propose que l'on contamine le seul point d'eau avec un virus de type amibien afin que tous les candidats aient maille à partir avec une petite saloperie apparentée dysenterie.

Après trois jours sans papier toilette, les compétiteurs ayant perdu chacun leur dignité et une bonne dizaine de kilos, je vous suggère d'imaginer une suite, tout à fait plausible, mêlant les plus beaux versets de la tragédie grecque et l'histoire contemporaine de la Moldavie qui se situe pour les incultes, entre les Carpates et le Prout.

Ne surtout point omettre, dans vos descriptions, l'omniprésence de moustiques déchainés, gros comme le pouce qui décourage notablement toutes tentatives de glandouillages sous la couette. Seule la microsieste est souhaitable, voire très vivement recommandée.

Ultime précision, la production toujours blagueuse n'a distribué qu'un filet antinuisibles pour 8 personnes.

Enfin 6 ! car deux ont rendu l'âme, et tout le reste d'ailleurs, au bout de 72 heures.

La première s'est littéralement vidée et l'on a retrouvé en fait qu'une sorte de mue. La deuxième a préféré se trancher les veines avec une coquille de moule, l'absence de son téléphone portable et de sa lime à ongles devenant véritablement insoutenable.

Films X :

« Ah oui ! Ah oui ! Ah oui ! Ah oui ! ...
Aaaaargghhh !!! »

Maintenant que nous avons minutieusement
épluché tous les dialogues, force est de
constater que le dialoguiste de film X manque
cruellement d'originalité. On sent comme une
certaine redondance dans le choix du
vocabulaire, des mots en général. Notons
cependant, à la décharge du gâte-papier
français que son homologue outre-Atlantique
ne fait lui aussi, aucun effort.

En effet alors que notre apollon chevauche
sa partenaire depuis 30 minutes dans des
positions connues de lui seul et de quelques
contorsionnistes, après donc un interminable
coït, la donzelle au bord de l'apoplexie ne
trouve rien d'autre à dire que :

« Fuck baby, fuck »

La tirade laisse perplexe. On a du mal à
croire, en observant sa face déformée par l'effort, qu'elle n'avait pas compris que le bellâtre,

pourvu comme un taureau, avait entamé les hostilités. Peut-être un coma transitoire ? Ou pensait-elle qu'il exécutait une dernière variante de la Zumba ? Qu'il montait les blancs en neige ? Dirigeait tempo allegro un orchestre symphonique ???

Allez savoir ? Je pencherais plutôt pour une consternante médiocrité des auteurs et des dialoguistes pour ce genre de cinéma.

Aussi, je tiens encore une fois à m'investir dans le sujet et je vous exhorte à faire comme moi et ne pas hésiter à mouiller la chemise.

Au lieu de perdre stupidement votre temps à écouter des onomatopées insipides, profitez de votre main libre pour vous emparer d'un stylo et remplacer les dialogues calamiteux par des tirades empruntés aux belles-lettres de la littérature française.

Je m'explique, par exemple;

Lorsque la charmante damoiselle qui a oublié de mettre sa petite culotte découvre par mégarde l'attribut démesuré du plombier qui vient réparer la fuite d'eau du premier étage. Au lieu de s'exclamer niaisement :

« Oh j'en ai jamais vu de si grosse ! » ou
« Oh, my god it's so big ! » pour les bilingues.

Ne peut-elle pas déclamer tout simplement :
« c'est un roc ! ... c'est un pic... c'est un cap !

Que dis-je, c'est un cap ? ... c'est une péninsule ! ...

Aimez-vous à ce point les oiseaux

Que paternellement vous vous préoccupâtes

De tendre ce perchoir à leurs petites pattes ? »

Là, tout à coup, c'est flamboyant ! On y verrait presque un certain panache. Une sorte de « French Touch ». Ce qui ne nous empêche en rien de conserver les deux yeux rivés sur l'action et les protagonistes.

On a la verve, tout en gardant la verge.

Autre exemple :

Lorsqu'une blondasse en furie redemande une levrette pour le sprint final, la dernière ligne droite. Pourquoi le mâle qui fleure pourtant l'intelligence comme un caniche se frottant à une jambe, se contente-t-il de meugler sa fameuse tirade :

« Aaaaargghhh !!! ou

— Fuck Baby ! Fuck, toujours pour les bilingues.

Pourquoi, je vous pose la question ? Alors qu'un :

« Comme si toute cette interminable chevauchée nocturne n'avait eu d'autre raison, d'autre but que la découverte à la fin de cette chair diaphane modelée dans l'épaisseur de la nuit : non pas une femme, mais l'idée même, le symbole de toute femme.»

nous réjouirait ostensiblement l'oreille.

Aussi, je vous en conjure mes chers camarades ! Haut les cœurs ! Sus aux « Aaaaargghhh !!! » Emparez-vous de vos stylos et place à la culture avec un gros Q.

La Télé, le matin :

Pour qui a eu un jour le loisir et le courage de s'attarder devant sa télévision, un matin triste et gris, l'âme tout entière en proie à un profond désarroi, il y a une émission qui, il faut bien l'avouer, dépasse l'entendement. Cet O.V.N.I "scathodique" est présenté depuis 20 ans par un animateur fantasque dont je tairai le nom par pure charité chrétienne, et le remplacerai ipso facto par W. L'énergie, évitant ainsi tous indices qui vous mettraient sur la voie et moi sur les chemins de la prison.

Toutes ressemblances ne seraient donc ici que l'effet de coïncidences totalement délibé-rées.

Alors, ceci étant acté, revenons à notre coprolithe.

Dire que cette parodie de magazine pue un parisianisme condescendant, prétentieux, plein de soi, complaisant, m'as-tu-vu, frais chié, outrecuidant, vantard et suffisant... ne serait pas suffisant.

Pendant deux à trois plombes, on ne compte pas lorsqu'on a la berlue, c'est un véritable défilé de chroniques, de reportages, de blablateries, de miasmes tournant tous autour d'un unique thème :

PARIS

Monsieur W. L'énergie donc suite à un dramatique accident ayant entrainé une lobotomie parcellaire, doit très certainement ignorer, je présume, que la France ne s'arrête pas à la petite couronne de la capitale et que sorti de Paris, il n'y a pas que des tarés congénitaux se déplaçant en tracteur pour aller traire les cochons ou boire des litres de pastis si les mous du bulbe ont la chance d'habiter Marseille, là où personne ne travaille – cela coule de source — et passent leurs journées sous le soleil à jouer aux boules.

Mais mes propos seraient diffamants, si je n'ajoutais pas deux villes qui ont droit de citer aux côtés de Paris.

Avignon : Pour le Festival off, vous comprenez, la culture, le théâtre moderne, l'avant-gardisme, Jean Vilar, la cité des Papes... et

Saint-Tropez : Saintrop' pour les intimes, car il faut bien que le parisien se rende à la plage et se repose enfin, loin de tout ce stress, cette vie trépidante, cette exaltation ... tant de concepts que le provincial et à fortiori le rural ne peut appréhender, lui qui se couche vers 18h30, après avoir soigneusement rangé sa précieuse collection de boîtes de camembert car nul n'est sans savoir que tous les bouseux sont tyrosémiophiles.

Que présumer lorsque l'ampoulé annonce avec un sourire frisant la béatitude, la "Biennale des Antiquaires" garant du rayonnement de la profession, à ne rater sous aucun prétexte. Un ardéchois désabusé qui a appris l'information et ne pouvant s'y rendre, a préféré mettre sa tête dans un four micro-ondes et se griller la cervelle.

Que penser du musée du quai Branly ? Marcel qui a perdu toutes ses tomates, cette année, pourrait dire qu'il s'en... mais ce serait facile et peu flatteur pour les cultures non occidentales.

Et le M.A.M, Musée d'art moderne ? Je vous propose de questionner un chômeur résidant à Feyzin, au pied des usines méphitiques empestant le dioxyde de soufre et qui observe circonspect, son ultime paquet de coquillettes posé devant le calendrier des Éboueurs.

Le Salon de l'immobilier, parlez-en avec tous ces étudiants, habitant dans un bouge hors de prix, et qui mangent une tranche de pain de mie agrémentée de ketchup sur un coin de table en formica, vestige ignoble des années 60/70.

Mais, j'ai gardé à mon sens, le summum, l'apothéose, le feu d'artifice pour la fin : Le Salon International de la maison de poupée. Je suis sûr que tous les travailleurs pauvres qui dorment dans leur voiture vont s'y précipiter. Un T4 avec courette, même en carton peint, pour moins de mille euros, c'est inespéré.

Je me propose donc, et toujours bénévolement, d'aider monsieur L'énergie et sa cour à sortir de l'obscurantisme grâce à un traitement curatif que j'appellerai la guérison par le siège.
Je m'explique : il suffira d'installer chaque membre de la fine équipe sur un siège éjectable, tout ce qu'il y a de plus classique, qui se déclenchera à la seule évocation de Paris. Lutèce, capitale, métropole...

Au bout de trois ou quatre voyages au plafond, entre les poutrelles métalliques et les projecteurs, j'ai l'intime conviction que nos acolytes munis de minerves, vont commencer à s'intéresser à la France dite profonde, comme: Montauban, Dax, Tarbes, Roman, Cestas, Rochefourchat, Aubenas, Digne, Mana, Albi, Montélimar, Dinan, Saint Laurent du Maroni...

Mais ce n'est là qu'une proposition, fort alléchante certes, mais je vous sais capable d'en imaginer beaucoup d'autres, au moins aussi croustillantes.

Toujours grand seigneur, je vous aide.

– Un seau à l'équilibre précaire rempli d'asticots suspendu au-dessus de la tête, style Damoclès et illustrant le terroir.

– Une sorte de collier antiaboiement enfin utilisé à bon escient.

– Plus de maquillage, ni de Photoshop, les protagonistes dépités exhibent dorénavant leur véritable visage. Yeux collés, cernes, boutons blancs, herpes labiales... La vraie vie, en somme !

Bon ! là je suis un peu dur, je vous le concède, mais le malade est récalcitrant et rechigne à ce qu'on lui administre son suppositoire et ses lavements.

Télé-Achats

Blanche et Colombe ont toutes deux passé commande d'un gros pot de crème antirides confectionnée avec la prodigieuse molécule à base de bave de crapauds. Selon le fameux adage, nous savons parfaitement que celle-ci n'aura aucun effet sur elles.

Mais que dire de ce pauvre Jean qui vient de s'enquérir à grands frais, d'un dentifrice pour blanchiment des dents et qui va vivre une terrible expérience. Car bientôt il n'en aura plus qu'une sur sa mâchoire.

Idem pour Mathieu qui n'est pas moins à plaindre. Comment aurait-il pu prévoir que ce shampoing aux extraits de testicules de taureaux ne lui laisserait qu'un cheveu sur la tête... à Mathieu.

Quant à Georges, on vient de lui livrer le kit complet pour élaguer les arbres jusqu'à 15 mètres, en toute sécurité.

Expliquez avec l'audace créatrice qui vous caractérise, comment Jean-Pierre, son voisin, qui enlevait la mousse du toit de son garage (avec un produit révolutionnaire vu à la T.V) a eu le bras sectionné, alors que le facteur qui lui, pédalait vaillamment sur son vélo électrique jaune n'a eu que le gros orteil et une oreille tranchés.

Pourquoi alors, Fernande 74 ans apercevant Georges (son mari) tomber lourdement de l'échelle télescopique douze positions, ne s'est quant à elle, hachée que trois doigts qu'elle a eu le plaisir de retrouver dans la fameuse pâte à crêpes confectionnée avec le « formidable robot multifonctions Winner. »

Winner est la vie est Meilleuuuurrre !

À vous de mettre la main à la pâte,moi, je démissionne.

Les Chti's à Miami versus
Les Marseillais à Los Angeles

Comment exprimer mon désarroi face à de tels programmes. Le désespoir m'envahit et je me promène durant des jours avec une profonde affliction.

Comment en est-on arrivé à de si pénibles extrémités. Selon que l'on aime le sucre, l'acide ou l'inconsistant, la discussion avec un pot de confiture, un pamplemousse ou un bigorneau est plus enrichissante et au moins préférable.

Comment peut-on investir un sacré paquet de pognon pour des jeunes gens bien faits de leur personne, certes ! Mais ignares. Et je ne vous entretiens pas du cancre bas de gamme qui a redoublé trois fois la sixième ! Non, je parle de l'énergumène qui laisserait entrevoir Nabilla comme un potentiel prix Nobel de Physique ou de littérature. Mais alloooo !

Comment cautionner que ces pâles individus ouvrent la bouche et répandent leur cacostomie alors que nos chers enfants pourraient entendre, la plupart s'exprimant dans un franglais des plus détestables.

« Un shooting ? Ouais baby, je kiffe grave.
– Oh oui, moi aussi je kiffe la night. »

Ou bien ! Nous avons droit à des perles comme celle-ci que je vous demande de recopier puis encadrer afin de la déposer religieusement dans votre vaste bibliothèque, entre Hugo, le poète et Jules Verne, le visionnaire.

Je cite :

Sandy — Tu savais toi qu'ils avaient la même lune que nous à Miami et à Paris ? Comment ils font pour la voir et nous aussi ?

Kalvin — Mais t'es conne ou quoi ? sûrement qu'on a la même lune. C'est juste parce qu'on tourne autour, c'est tout.

Sandy — Mais qu'est-ce que tu racontes ? C'est le soleil qui tourne autour de la lune.

Mise à part la syntaxe un peu trop sophistiquée, ces propos rapportés sont malheureusement authentiques. J'imagine la fierté des parents. C'est un coup à faire péter la bouteille de mousseux.

Toujours soucieux de venir en aide aux plus déshérités et fervent défenseur des causes perdues, me voilà encore une fois sur le point d'agiter ma salière.

Que diriez-vous d'entrecouper les séances piscine et les séances photo par de bonnes vieilles dictées, du calcul mental, de la lecture avec des mots de plus de trois syllabes, de la conjugaison, des divisions avec virgule...

Le spectateur s'en trouverait grandi à l'instar de ses idoles. Tout ceci dans une ambiance décontractée, cela va de soi, les garçons torse nu arborant leurs tatouages hideux, et les filles en string montrant leur postérieur généreux autour du bain à remous. Je ne suis pas un monstre !

Vous pourriez toujours me signifier que c'est tout bonnement l'école que je viens de décrire, (il me semblait bien que ça me disait quelque chose), mais vous prêchez un converti et de fait, ne faut-il pas justement ouvrir ses portes à ceux, qui de toute évidence, n'y ont jamais mis les pieds ?

Si vous avez d'autres propositions, même totalement idiotes et coûteuses, veuillez les communiquer directement au Ministère de l'Éducation nationale qui se fera un devoir de les faire siennes.

Quant aux producteurs de ce genre de miction, on peut toujours essayer de les noyer... dans le bain à remous ou de les couler dans du béton, à l'ancienne.

3. Posez vos stylos !
Je ramasse les copies.

Me voici arrivé, presque à regret, mais il y aurait tant à dire, au bout de ce menu pamphlet en forme d'apagogie et aux allures de brulot.

J'avoue avoir un faible pour le qualificatif de Brulot. Sa prononciation me met en joie rien qu'à l'évocation d'une éventuelle incandescence.

Saviez-vous qu'au Québec, il désigne aussi un famélique moustique noir dont la piqûre provoque une sensation de brûlure suivie de démangeaisons ? Tout un programme !

J'espère que la lecture de ces modestes pages vous aura à l'instar du brulot, piqué au vif et que l'envie d'écrire vous démangera autant que quotidiennement elle me démange. L'humour, quand il est poil à gratter, est souvent l'étincelle qui ranime la flamme.

Et comme disait Groucho dont " Mémoires Capitales " traine inlassablement sur ma table de chevet:

« Je trouve que la télévision est très favorable à la culture. En effet, chaque fois que quelqu'un l'allume chez moi, je fuis dans la pièce à côté et je lis. »

Ah quel plaisantin ce Groucho ! Mais malheureusement aujourd'hui ce serait plutôt je fuis et je me réfugie sur les réseaux sociaux, cultiver mon inculture. Mais bon ! Je m'occuperai du Net une prochaine fois.

En attendant, n'hésitez surtout pas à me transmettre vos propres réflexions sur les moyens de sauver la télévision, je les ferai parvenir à qui de droit. Hâtez-vous, je vous rappelle que nous parlons d'une moribonde.

Courriel : marie.eric5555@orange,fr

Dépôt légal 1° Publication : mai 2015

TABLE

1. Désambiguïsons

2. Exordes
   - *Journal de la santé*
   - *Les maternelles*
   - *Complément d'enquête : Les sectes*
   - *France ô : Fêtes et Traditions*
   - *Série étrangère*
   - *60 millions d'amis : Reportage*
   - *Les enquêtes impossibles*
   - *E = m,6 ou presque*
   - *Toute une histoire*
   - *Série française*
   - *Météo*
   - *Série étrangère pour Ados*
   - *Allo Truffau*
   - *Khon en Tas*
   - *Films X*
   - *La Télé, le matin*
   - *Télé-achats*
   - *Les Chti's à Miami vs Les Marseillais à Los Angeles*

3. Posez vos stylos ! Je ramasse les copies.